MARTIN MYSTÈRE™

Terreur à Torrington

Loi n° 49-956 du 16 juillet 1949
sur les publications destinées à la jeunesse :
juin 2007.

Série adaptée par Vincent Chalvon-Demersay,
David Michel et Stéphane Berry,
basée sur la bande dessinée originale
« Martin Mystère » de Alfredo Castelli.

www.martinmystere.com

ISBN : 978-2-266-17131-1

Achevé d'imprimer en France
en avril 2007
par Pollina, 85400 Luçon
n° L42831

Dépôt légal : juin 2007

Martin Mystère™

Terreur à Torrington

Gilles Legardinier
d'après un scénario
de Jeffrey Alan Schechter

POCKET
jeunesse

Direction opérationelle
du Centre

FICHES D'IDENTIFICATION CONFIDENTIELLES

AGENTS SPÉCIAUX

AFFECTÉS AUX AFFAIRES PARANORMALES

MARTIN

Jeune, sportif, Martin est toujours prêt pour l'aventure et l'action. Il est irrésistiblement attiré par tout ce qui est étrange et de préférence gluant, ce qui dégoûte sa sœur ! Agent spécial volontaire, il remplit les missions les plus incroyables, affrontant aliens de tous poils et créatures diaboliques.

Commentaire de Mom, directrice du Centre : « Garçon plein de charme mais dont les idées tordues peuvent aussi bien sauver le monde que provoquer des dégâts très coûteux. »

CONFIDENTIEL

DIANA

Contrairement à Martin, son demi-frère, Diana est studieuse, sérieuse, ponctuelle et raisonnable. Elle est connue pour ses remarquables qualités intellectuelles. Par contre, lorsqu'il s'agit de passer à l'action, elle n'est plus aussi douée... Avec son grand frère, elle fait des étincelles, dans tous les sens du terme.

Commentaire de Mom, directrice du Centre : « Jeune fille séduisante et intelligente, qui ne supporte pas les blagues de son frère. »

CONFIDENTIEL

JAVA

Fidèle complice de Martin et Diana, Java est un homme de l'âge de pierre ramené d'une mission trans-dimensionnelle.

Remarquablement en forme malgré ses vingt mille ans, il leur prête son incroyable force physique dans les missions les plus dangereuses. Plutôt craintif, il lui arrive de se comporter comme un enfant de quatre ans...

CONFIDENTIEL

MOM

Cette femme aussi belle que mystérieuse est la directrice du Centre et supervise d'une main de fer toutes les enquêtes paranormales secrètes à travers le monde. Elle a un faible pour les inventions révolutionnaires et pour son agent le plus délirant et le plus doué, Martin Mystère!

CONFIDENTIEL

BILLY

Ce petit extraterrestre qui ne se déplace qu'à bord de sa mini-soucoupe volante est l'assistant personnel de Mom. Il rêve d'avoir autant de succès que Martin avec les filles et autant de courage dans les missions. Même s'il a peur de tout, on peut toujours compter sur Billy pour donner la bonne information au bon moment...

CONFIDENTIEL

chapitre 1

La grande bibliothèque était un lieu parmi les plus impressionnants de la prestigieuse université de Torrington. Des dizaines de milliers de livres, dont certains très anciens, étaient alignés dans les vénérables meubles de bois. L'endroit était un des rares havres de paix de l'université. Ici, les étudiants venaient réviser et chercher les réponses à leurs devoirs. Ce matin, Diana espérait y puiser l'inspiration pour sa rédaction, mais sans grand succès…

Pour la vingtième fois, elle arracha la feuille du bloc où elle avait griffonné quelques mots, la chiffonna en boule et la jeta loin derrière elle.

– Si tu t'entraînes pour ne plus être minable au basket, c'est raté, ironisa Martin, qui venait d'arriver.

– Martin, s'il te plaît, ce n'est pas le moment.

– Oh ! oh ! on dirait que ma petite sœur est bien énervée. Qu'est-ce qui peut la mettre dans un état pareil, à part moi… ?

Martin ramassa une des boules de papier et la déplia.

– Je t'interdis de lire cette feuille ! rugit Diana.
Martin se contenta de sourire et déchiffra le travail de sa sœur.
– « La nuit était noire et il allait se passer quelque chose de terrible », lut-il d'une voix théâtrale. Hum, je me demande si tu es plus mauvaise au basket ou en rédaction...
– Vas-y, moque-toi de moi, ça va m'aider !
Martin s'assit face à sa sœur et d'une voix apaisante déclara :
– Allez, Diana, calme-toi plutôt et dis-moi ce qui se passe.
– Je dois écrire une histoire qui va compter pour la moyenne de l'année et là je suis partie pour me prendre la pire des notes.
– C'est vrai qu'avec un début pareil tu ne risques pas de captiver ton public. La

nuit est noire – ça, tout le monde le sait – et il va se passer quelque chose – tant mieux parce qu'ils sont déjà tous endormis !

– Merci de tes encouragements. Ça me touche beaucoup !

– Petite sœur, même dans l'adversité, il faut savoir conserver son humour. Si tu veux, je peux aller parler à ton prof, je témoignerai que tu es la personne la moins imaginative du monde. Face à mon éloquence, il aura sûrement pitié et tu pourras peut-être récolter quelques points.

Diana fut instantanément folle de rage. Son frère avait encore réussi à la faire exploser.

– Martin, je ne suis pas la personne la moins imaginative du monde. Je vais y arriver et je te le prouverai !

Elle avait hurlé et, dans le silence feutré de la bibliothèque, tout le monde s'était retourné. Diana était rouge de honte.

– Félicitations, fit Martin. Je suis très impressionné. Tu viens de captiver ton auditoire, reste maintenant à trouver mieux que ton mauvais début d'histoire…

– Et que penses-tu d'une sœur qui zigouillerait son horrible frère par une nuit de pleine lune ?

– J'en frémis d'avance, répondit Martin en se levant.
Et il faillit percuter Java qui arrivait au pas de course.
– Eh bien, Java, que se passe-t-il ? Tu te prends pour un boulet de canon ? Une alerte du Centre ?
– Non, pas alerte, Martin, grande nouvelle !
Java, d'habitude plutôt calme, était excité comme un gamin la veille de Noël.
– Raconte, au lieu de faire des bonds comme un rat sur une prise électrique !
Java montra une affichette sur laquelle on voyait un homme souriant qui portait des lunettes.
– Lui va venir ! s'enthousiasma Java. Ici, à Torrington !
– Ouah ! s'exclama Martin. Evan Prince, le roi du roman, chez nous ?

– C'est un écrivain ? demanda Diana.

– Ce n'est pas un écrivain, petite sœur, c'est *le Maître*. Evan Prince est une légende vivante, c'est le plus grand auteur que la Terre ait porté. Ses romans sont tous des chefs-d'œuvre. *La revanche du monstre boiteux*, *L'invasion des mygales radioactives*, *La nuit du gâteau qui mangeait les voitures*...

– Bonjour, les chefs-d'œuvre, commenta Diana. Rien qu'aux titres, je vois ça d'ici. En fait, c'est juste un spécialiste de sujets un peu dingues qui font peur aux enfants.

– Ma pauvre sœurette, tu n'as rien compris. Ses œuvres sont extravagantes, paranormales, fabuleuses et imaginatives...

– Un esprit simple peut les voir de cette façon, mais, honnêtement...

– Tu es jalouse, trancha Martin. Lui au moins ne sèche pas devant une feuille blanche en se demandant si la nuit est noire !

Diana était prête à se jeter sur son frère, mais Java s'interposa.
– Java aussi pense que Evan Prince est grand écrivain.
– Tu as lu ses romans ? demanda Diana.

– Non, Java pas lire, mais écouter livres-cassettes. Moi beaucoup aimer *La malédiction des hommes des cavernes*. Descriptions très précises qui rappellent mon enfance dans grotte.

Martin jeta un coup d'œil à l'affichette :
– Il dédicace son dernier livre ce soir à la librairie de Torrington. Qui vient avec moi ?
Java leva la main comme un petit à l'école :
– Moi !
– Pas moi, déclara Diana. J'ai assez de paranormal dans ma vie sans avoir besoin d'Evan Prince.

chapitre 2

D'ordinaire assez calme, la librairie de Torrington avait ce soir-là des allures de salon de réception. Une interminable file d'attente serpentait entre les rayons, jusqu'à une petite estrade puissamment éclairée, sur laquelle Evan Prince était assis derrière une table. Impérial, de fines lunettes rondes sur le nez, les cheveux mi-longs, il était vêtu d'une chemise aussi sobre qu'élégante.

Consciencieusement, il dédicaçait ses livres à une foule de fans en délire.

– Java, tu te rends compte ? s'excita Martin. Toutes ces histoires fabuleuses sont sorties de la tête que l'on aperçoit là-bas.

– Evan Prince a plein de monstres sous ses cheveux ?

– Mais non, c'est une image. Cet homme est vraiment fascinant.

Java se gratta la boîte crânienne, l'air dubitatif.

– Regarde, s'exclama Martin en désignant quelqu'un dans la file. Quelqu'un s'est déguisé en William, le hamster fou du *Rongeur de Roumanie* !

– Et là, renchérit Java, il y a fille habillée comme la reine fantôme de *Château au souterrain vers l'autre monde* !

– Je suis stupide, dit Martin, agacé, j'aurais dû venir en costume...

Une très jolie jeune fille s'approcha des deux amis et observa Java avec un sourire admiratif.

– *La malédiction des hommes des cavernes*, n'est-ce pas ? Super-déguisement.

Java rougit de la tête aux pieds.

– Euh... Merci, madame.

Martin semblait encore plus contrarié.

– J'aurais vraiment dû venir en costume, ronchonna-t-il.

Martin et Java progressaient régulièrement au sein de la file d'attente. Ils étaient maintenant dans la dernière ligne droite. Là, devant eux, au fond du magasin, se tenait leur idole, le roi des nuits blanches, l'empereur des cauchemars sur papier, le seul capable de vous empêcher de dormir pendant des jours grâce à ses incroyables histoires.

– Alors je te le répète, Java. Une fois devant Evan Prince, ne te ridiculise pas. Ne te mets pas à trembler d'émotion, ne t'évanouis pas, ne le flatte pas trop...

– Veut dire quoi, « flatter » ?

– Tu sais bien, c'est faire trop de compliments. Il ne faut pas non plus être collant, insistant.

– Java bien compris.

Déjà, leur tour arrivait. Java et Martin se retrouvèrent nez à nez avec Evan Prince.

Perdant tout contrôle, Martin se jeta à ses pieds.

– Evan Prince, mon idole, vous êtes un génie !
– Martin, flatter pas bon, fit remarquer Java.
Mais Martin n'écoutait pas.
– J'ai lu tous vos livres, vos histoires hantent mes nuits. C'est le plus beau jour de ma vie, je vous rencontre en vrai !

Martin était hystérique.
– Merci, mon garçon, fit Evan Prince, impassible.
Puis il se tourna vers Java :
– Remarquable, votre costume d'homme des cavernes.
– Merci, monsieur.

Martin n'en avait pas fini avec sa crise :
– Monsieur Prince, je suis tellement heureux de vous voir. Vous êtes mon maître, mon modèle. Moi aussi je veux devenir écrivain, comme vous. Je fais tout comme vous ! Je sais tout de vous !
Evan Prince se redressa et répondit d'une voix qui forçait le respect :
– Personne ne sait tout de moi, mon garçon…

– Moi si, insista Martin. Vous adorez les brocolis, vous ne portez que des chaussettes blanches et vous écrivez vos romans sur une vieille machine à écrire mécanique ! Un esprit d'avant-garde de votre calibre sur une machine du siècle dernier !

Soudain intéressé, Evan Prince releva un sourcil :

– Tu sembles en effet en savoir long sur moi. Que sais-tu d'autre sur ma machine à écrire ?

– Je sais que vous ne vous en séparez jamais.

– Tu es drôlement bien renseigné, mon garçon.

Une curieuse lueur traversa le regard du célèbre écrivain.

– Tu es peut-être réellement mon plus grand fan... fit Prince.

– Oh ça, oui, vous pouvez en être sûr ! répliqua Martin, tout fier de lui.

– Serais-tu heureux de voir ma machine à écrire ?

Martin crut s'évanouir. Il n'arrivait même plus à parler. Il faisait des petits bonds sur place.
– Si... Je... Votre mach... Quel honneur !
Evan Prince se pencha sous sa table et attrapa un superbe coffret ouvragé dont il ôta le couvercle. La machine était là, comme neuve malgré son ancienneté. Les touches étaient dorées à l'or fin et même la carcasse métallique était sculptée de délicats motifs.

Martin était fasciné par l'objet.
– C'est sur elle que vous avez écrit vos chefs-d'œuvre ?
– Exact, mon garçon.
– Waouh !

– Tu l'aimes, cette machine, n'est-ce pas ?
Java remarqua l'étrange regard de Prince. Il se pencha vers Martin.
– Lui écrire bons bouquins mais être un peu bizarre quand même…

Martin ne releva pas.
– Bien sûr que je l'aime, cette machine, je la vénère comme une déesse !
– Eh bien, mon garçon, il te suffit de dire que tu l'aimes et elle sera à toi.
Martin et Java ouvrirent de grands yeux.
– Vous êtes sérieux ? demanda Martin.

– Ai-je l'air de plaisanter ?
– Pas vraiment. Alors je vous le dis : j'aime cette machine et suis prêt à donner tout ce que j'ai pour la posséder.
Evan Prince eut un large sourire.
– Mon garçon, que ton vœu soit exaucé ! Tu es désormais l'heureux propriétaire de ce magnifique objet. S'il te plaît, prends-le.

Martin n'osait pas croire à sa chance. Il enlaça la machine et se mit à danser en la serrant contre lui. Le plus étonnant, c'est qu'Evan Prince semblait encore plus heureux que lui. Il virevoltait lui aussi, il n'était plus l'homme sérieux qui signait des autographes à la chaîne. Oublié l'auteur mondialement connu, on aurait dit un jeune homme soudain libre après des années de captivité.

– Vous n'allez pas regretter votre geste, monsieur Prince ? C'est un cadeau fabuleux…

– Je te promets que je ne regretterai rien du tout. Bonne chance à toi, et c'est moi qui te remercie !

La matinée était magnifique. Diana s'était installée dans le parc pour essayer d'avancer son travail de rédaction. Tranquillement adossée à un cerisier, au milieu des oiseaux qui chantaient parmi une nature en fleurs, elle avait beaucoup de mal à imaginer une histoire effrayante.

C'était d'autant plus difficile pour elle de se concentrer que Martin était lui aussi venu profiter du beau temps : il s'était trouvé un coin non loin d'elle et, à entendre le crépitement de la machine à écrire, lui n'avait aucun problème d'inspiration.

– Martin, je t'en supplie ! s'énerva soudain Diana. Je n'en peux plus d'entendre le mitraillage de ta maudite machine. Par pitié, arrête de jouer avec ça, j'essaie d'écrire !

Martin arracha la feuille de sa machine avec un sourire de satisfaction :

– Désolé, petite sœur, moi aussi j'écris ! Depuis que j'ai la machine d'Evan Prince, je suis incapable de m'arrêter. Contrairement à toi, je ne suis pas victime de l'angoisse de la page blanche. La rencontre de Prince a réveillé mon génie littéraire et, depuis hier soir, j'ai déjà écrit trois histoires complètes...

– Trois histoires ? s'étonna Diana, un peu envieuse.

– Exactement. *La malédiction de la marionnette de l'enfer*, *L'invasion des chiens zombies* et *Le cirque de l'au-delà*.

À cet instant, un bip familier retentit.

– C'est le Centre qui nous appelle ! s'exclama Diana.

Les deux jeunes gens se mirent à chercher autour d'eux.

– Où ont-ils pu cacher la porte transdimensionnelle ? se demanda Martin.

– On dirait que ça vient de la statue d'Elmer Torrington, là, au milieu du parterre de fleurs.

– Tu as raison ! Pas une minute à perdre !

Après avoir vérifié que personne ne pouvait les voir, le frère et la sœur se précipitèrent vers l'imposant socle de pierre sur lequel trônait le fondateur de leur campus. Ils s'engouffrèrent dans la lueur bleutée du passage énergétique.

À l'intérieur du Centre, comme toujours, l'activité battait son plein. Il faut dire que s'occuper de toutes les affaires paranormales du monde exigeait d'énormes moyens.

Lorsque Diana et Martin arrivèrent dans le bureau de Mom, ils découvrirent quelque chose qu'ils n'auraient jamais pensé voir un jour : la toute-puissante directrice du Centre était en train de jouer à un jeu vidéo devant un écran géant, en compagnie de Java et Billy ! Du haut de sa mini-soucoupe volante, le petit extraterrestre s'escrimait à viser un maximum de cibles. Java y allait aussi de bon cœur.

– Salut, Martin ! lança Billy entre deux tirs.

– Bonjour à tous, répondit le jeune homme. Alors ? C'est pour quoi, l'alerte

rouge ? Vous vouliez voir un vrai champion en action avec une manette ?
– Pas exactement, agent Mystère, répondit Mom, qui avait repris son sérieux et fait disparaître l'écran dans le plafond.

Diana n'en revenait pas. Découvrir que la directrice du Centre était accro aux jeux vidéo était un choc.

– Agent Lombard, pourquoi me regardez-vous ainsi ? demanda Mom.

– Pour rien. Je pensais que ces jeux puérils étaient une spécialité réservée aux garçons...

– Si on se réfère aux scores de Mom, c'est assez vrai, ironisa Billy.

– Mom même pas réussir à faire exploser gros vaisseau quand il est juste devant elle, renchérit Java.

La directrice les fusilla du regard.

– Nous réglerons cela lors de la prochaine partie, siffla-t-elle. Pour le moment, nous avons d'autres urgences.

– Alors, à quoi avons-nous affaire ? demanda Martin, avide de savoir quelle étrange énigme il allait devoir résoudre.

Pour quelle destination partons-nous ? Dans quel paradis les forces du mal se sont-elles encore déchaînées ?

Mom repassa derrière son bureau.

– Vous partez pour la ville de Torrington, déclara-t-elle.

– Torrington ? Mais ce n'est pas du tout exotique ! s'exclama Martin. C'est un trou paumé. Comment voulez-vous qu'il se passe quelque chose d'excitant là-bas ?

– C'est à vous de me le dire, agent Mystère. Mais les faits sont là : nos indicateurs s'affolent comme rarement. De nombreux témoins affirment avoir vu d'étranges créatures volantes s'en prendre à une boutique du centre-ville hier soir. Les dégâts sont considérables, certains habitants ont disparu... et nous ne savons rien de ces monstres.

– Voilà pourquoi le parc était désert ce matin, observa Diana. Dans quelle boutique cette mystérieuse attaque a-t-elle eu lieu ?

– À la grande librairie centrale.

– C'est dingue ! réagit Martin. Nous y étions hier soir, avec Java, pour une dédicace d'Evan Prince !

Mom parut surprise.

– Vous voulez parler du célèbre auteur Evan Prince, le roi du roman à suspense ?

Diana soupira de dépit.

– Qu'y a-t-il encore, agent Lombard ? interrogea Mom.

– C'est terrible. D'abord je vous découvre adepte des jeux vidéo, et maintenant j'apprends que vous êtes fan d'Evan Prince...

– Vous n'aimez pas ses romans ?

Martin intervint :

– Disons que lorsqu'elle ne sera plus jalouse de ceux qui ont une imagination débordante, elle aimera Evan Prince, comme tout le monde.

Mom reprit :

– J'ai lu dans un magazine qu'il était en train d'écrire un roman sur des abeilles géantes qui se nourrissent de leurs victimes. Je suis terriblement impatiente de le lire !

– Java aussi, fit le géant.

– En attendant, je vous confie cette enquête. Dès que vous aurez identifié ces créatures volantes, prévenez-moi.

chapitre 4

En arrivant à la librairie, Martin ne reconnut pas grand-chose du décor dans lequel il avait rencontré son auteur préféré la veille au soir. Les rayonnages étaient renversés, les livres pêle-mêle sur le sol ; les meubles avaient été fracassés et l'estrade sur laquelle Evan Prince avait signé ses dédicaces était retournée.

– On dirait que diplodocus avoir tout piétiné, commenta Java.

– Quel champ de bataille ! déclara Martin.

– Ces dégâts peuvent avoir été produits par une foule paniquée, suggéra Diana. Il n'y a peut-être rien de paranormal dans tout ça.

– Et qu'est-ce qui aurait fait paniquer les gens à ce point-là ? répondit Martin. Non, cette fois, ta rigueur scientifique en prend un vrai coup dès le début de l'enquête. Les témoins sont formels : ils parlent tous de créatures volantes.

Les trois amis s'enfoncèrent dans le magasin dévasté. Le regard de Diana fut alors attiré par quelque chose de brillant qui coulait le long d'un mur.

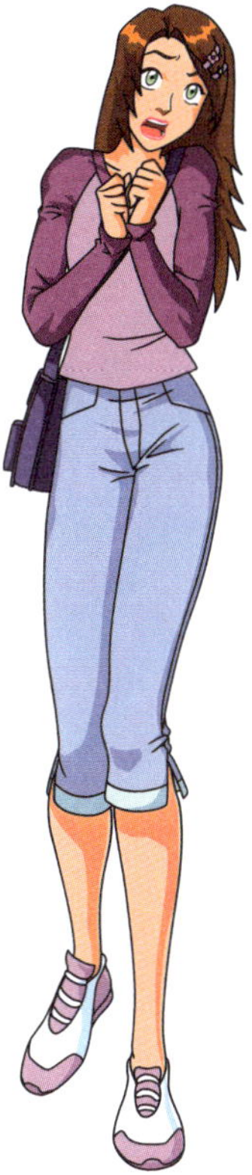

– Qu'est-ce que c'est que ça ? fit la jeune fille avec une moue dégoûtée.

– Ça ressemble à la crème que tu te mets sur la figure pour avoir l'air humaine, plaisanta Martin.

– Très drôle. En attendant, on dirait du...

Diana hésita.

– Vas-y, dis-le, insista Martin. J'aime quand tu admets l'inadmissible, j'adore quand tu parles de ce qui n'est pas possible, et je crois que, là, nous sommes justement en présence de...

– ... dépôt visqueux paranormal, finit par lâcher sa sœur.

– Fabuleux ! s'enthousiasma Martin en dégainant son chrono-scan.

Il approcha son analyseur miniature de la traînée gluante et déclencha le processus d'analyse. Un minuscule faisceau lumineux surgit de sa montre et balaya la substance. Le résultat ne fut pas long à s'afficher.

– 60 % d'eau, 12 % de protéines, 10 % de sucres, un peu de graisse, de sel et beaucoup d'acides aminés... annonça Martin. Ça ressemble à la composition de la gelée royale.

– La gelée royale des abeilles ? s'étonna Diana.
– C'est ce que dit la mémoire analytique de mon chrono-scan.
– Quoi être, gelée royale ? demanda Java.
– Une substance extrêmement riche, produite par les abeilles travailleuses pour nourrir leurs larves, précisa Diana.
– Comment sais-tu cela ? questionna Martin.
– Si tu avais écouté le cours de sciences en début d'année, tu le saurais aussi...
Java leur fit signe de se taire et tendit l'oreille.
– Écoutez, fit-il à voix basse. Gros bourdonnement.
Martin et Diana à leur tour perçurent un bruit.
– On dirait que ça vient de la réserve, déclara Martin.

– Moi pas envie d'aller ouvrir la porte, grommela Java.
– Pourtant, il va bien falloir aller voir, fit Martin. Nous sommes en mission. Mais je peux comprendre ton inquiétude... Ce sera Diana qui ira.
– Pourquoi moi ?
– Parce que tu es la seule d'entre nous à ne pas croire à ce qui est irrationnel, donc tu n'auras pas peur de ce que nous risquons de découvrir dans cette pièce.

La jeune fille attrapa une chaise en grognant.
– Vous êtes vraiment des poules mouillées. Pour aller tripoter un truc gluant sur les murs, il y a du monde, mais, en cas de vrai danger, vers qui on se tourne ? Toujours la même ! Et là, on ne se moque plus de moi, on ne me dit pas que je n'ai pas d'imagination...

Plus elle s'approchait de la porte, plus le bourdonnement s'intensifiait. En se servant de sa chaise comme d'un bouclier, elle fit quelques pas jusqu'à toucher la poignée… qu'elle abaissa lentement.
– Martin, tu es derrière pour me couvrir ?
À cette seconde même, Martin s'en voulut d'avoir envoyé sa sœur en éclaireur. Il était sur le point de la rappeler pour qu'elle recule, lorsque la porte s'ouvrit brusquement.

Diana écarquilla les yeux de terreur. Là, devant elle, se dressait une abeille de la taille d'un cheval ! Le monstrueux insecte avait dû se retrouver enfermé la veille au soir et personne ne l'avait découvert. Diana voyait sa silhouette se réfléchir dans les centaines de facettes des énormes yeux qui la fixaient. Elle tremblait des pieds à la tête, incapable de bouger, et le monstre avançait vers elle...

Martin fit un bond spectaculaire par-dessus une bibliothèque renversée et se précipita vers sa sœur. L'insecte était maintenant sorti de la réserve. Diana était toujours tétanisée lorsque Martin la saisit par la taille et l'entraîna vers la sortie.

– Elle... est... très... très... grosse, l'abeille ! articula Diana entre deux claquements de dents.

– Il est clair qu'elle a été bien nourrie, plaisanta Martin en continuant sa course.

Mais oublie-la, elle n'existe pas. C'est toi-même qui l'as dit : tout cela n'est pas possible…
L'énorme abeille ne se contentait plus d'avancer sur ses pattes. Elle avait pris son envol dans la librairie. Et elle faisait le bruit d'un hélicoptère de combat ! Martin sentait qu'elle n'était pas loin derrière eux.

Java s'était saisi d'une étagère vidée de ses livres pour s'en faire une massue. Espérant couvrir la fuite de ses amis, il tenta de s'interposer.

– Toi aller butiner fleurs géantes ailleurs !

L'abeille se cabra et plaça son énorme dard en avant. La pointe au bout de son abdomen était longue comme une épée. Elle fondit sur Java, qui se défendit avec une formidable puissance. C'était un véritable duel qu'il livrait contre l'insecte géant et son redoutable dard.

À bout de souffle, Martin déposa Diana dans un coin protégé pour aller prêter main-forte à son ami.

– Diana, continue à claquer des dents si ça te chante, mais ne bouge pas, d'accord ?

La jeune fille était toujours sous le choc. Martin s'élança pour rejoindre Java.

– Eh bien, mon ami, on dirait que la bestiole te donne du fil à retordre ?
Juste avant de répondre, Java esquiva un coup de dard.
– Grand-père Java racontait souvent que lui avoir combattu araignée géante dans grotte maudite, bien longtemps avant découverte du feu.
– Tu auras toi aussi quelque chose d'extraordinaire à raconter à tes petits-enfants !
L'abeille était impressionnante. Il ne lui fallait qu'une fraction de seconde pour attaquer ou reculer. Elle fonça sur Martin et tenta de lui porter un coup de dard. La planche que tenait Martin explosa sous l'impact, et le jeune homme ne dut son salut qu'à son agilité.
– Ce dard est une véritable lance, fit-il en s'essuyant le front.

Tout à coup, l'abeille sembla se désintéresser des deux garçons. Elle prit un peu d'altitude dans le magasin.

– Elle en avoir assez ! triompha Java.

– J'aimerais que tu aies raison, mais je me méfie…

En un éclair, l'insecte fonça vers Diana.

– Sale bête, hurla Martin, attaque-toi à ceux qui peuvent faire face !

Diana, toujours pétrifiée, vit l'énorme bestiole s'approcher d'elle. L'abeille n'avait visiblement pas l'intention de la piquer, mais ce qu'elle s'apprêtait à faire était bien pire. En sentant le monstre géant la saisir entre ses pattes, Diana trouva la force de pousser un hurlement suraigu.

Martin n'avait jamais couru aussi vite.
– Lâche ma sœur, espèce de monstre ! Personne n'a le droit de lui faire peur à part moi !

Déjà l'énorme insecte prenait son envol, serrant la jeune fille évanouie entre ses pattes gigantesques et velues.
Java s'élança aussi haut qu'il put mais retomba sans avoir réussi à saisir la bête. Dans un ultime réflexe, Martin attrapa son chrono-scan et réussit à projeter un traceur qui se planta dans l'abdomen de l'abeille géante. Effarés, les deux garçons virent l'horrible chose emporter Diana sans qu'ils puissent rien faire...

Sur l'écran de son transmetteur, Martin vit se dessiner le visage de Mom.

– Alors, agent Mystère, comment s'est passée votre visite à la librairie ?

– Pas bien du tout, répondit Martin, la mine défaite. Diana a été enlevée par une abeille géante. Tout ce que j'ai pu faire, c'est lui planter un traceur dans les fesses pour la pister.

– Vous avez planté un traceur dans les fesses de votre pauvre sœur ?
– Non, dans celles de l'abeille.
– Les abeilles n'ont pas de fesses, agent Mystère.
– C'est noté, mais l'essentiel, c'est que je puisse savoir où ce monstre a emporté ma sœur.
Martin marqua une pause et reprit :
– Vous savez, Mom, j'ai pensé à un truc dingue. Je trouve que toute cette histoire rappelle l'intrigue du livre qu'Evan Prince est en train d'écrire…
– Je suis d'accord avec vous, Martin. J'y ai pensé aussi. J'ai même ordonné une petite enquête et j'ai découvert des choses très intéressantes. Peu de temps après la sortie du dernier livre de Prince, *La vengeance des créatures de la mer*, un bateau de croisière a été mystérieusement attaqué, et devinez par quoi ?

– Des créatures de la mer ?
– Tout juste ! Au début, je n'ai pas fait le lien avec ses romans, mais maintenant je commence à comprendre.
Martin blêmit.
– Attendez ! dit-il. Si je me souviens bien, dans son nouveau roman, il est question d'abeilles tueuses qui se nourrissent de leurs victimes, c'est cela ?

– Malédiction ! lâcha Mom.
– Il n'y a pas une seconde à perdre ! s'exclama Martin.
– J'ai encore une question à vous poser avant que vous ne vous lanciez au secours de Diana. Savez-vous si Evan Prince a écrit quelque chose à propos d'un clown maléfique, d'une marionnette maudite ou de chiens zombies ?

Martin se mordit les lèvres.
– Pourquoi demandez-vous ça ?
– Parce que ces monstres sont actuellement en train de s'en prendre à l'université de Torrington.

Martin eut une vision de cauchemar. Il avait imaginé lui-même ces créatures et savait mieux que personne quelles catastrophes elles pouvaient causer.

– Mom, ce n'est pas Evan Prince qui a inventé ces cauchemars ambulants. C'est moi. Cette nuit, j'ai tapé ces histoires sur la machine que Prince m'a donnée hier soir…

Tout à coup, Martin comprit la clef du mystère.

– Mais bien sûr ! s'écria-t-il. C'est la machine à écrire qui est la cause de tout !

– Je vais envoyer Billy pour aider Java à protéger l'université pendant que vous irez sauver Diana.

Java fit une drôle de tête et déclara, franchement inquiet :

– Mom vouloir dire que Java aller affronter seul chiens zombies, clown dingo et marionnette méchante ?

– Tu ne seras pas seul, expliqua Mom, je viens de dire que je t'envoyais Billy.
– Alors, cette fois, Java vraiment la trouille. Quoi moi faire avec extra-terrestre riquiqui dans les jambes ?
– Tu préfères peut-être affronter l'abeille géante et ses grosses copines au dard pointu ? proposa Martin.

En suivant le signal du traceur accroché sur l'abeille, Martin était arrivé dans une zone assez reculée de la forêt de Torrington. Les indications de son chrono-scan le guidèrent jusqu'à l'entrée d'une grotte. Prudemment, il s'engagea dans le couloir souterrain. Il redoutait de se trouver face à l'un de ces monstres volants, d'autant que les traces de cire et de miel sur le sol ne laissaient aucun doute sur leur présence.

« Pour une fois, se dit-il, j'aurai rencontré quelqu'un qui nettoie aussi peu sa chambre que moi ! »

Il s'enfonça dans le dédale de tunnels, jusqu'à une immense salle, haute de plafond, dont les murs étaient tapissés d'alvéoles géantes.

– Incroyable, je suis dans une véritable ruche ! Bien content que l'essaim ne soit pas là.

Le jeune homme s'approcha des alvéoles. Il crut percevoir un mouvement derrière un des opercules de cire qui les fermaient. Il recula vivement, avec dégoût. Continuant son inspection, il tomba tout à coup sur quelque chose qui l'intrigua. Dans le bouchon d'une alvéole, on distinguait un objet pris dans la cire.
– Qu'est-ce que c'est que ça ? On dirait des lunettes...
Il se pencha pour mieux voir.
– Je les reconnais ! Ce sont celles d'Evan Prince !

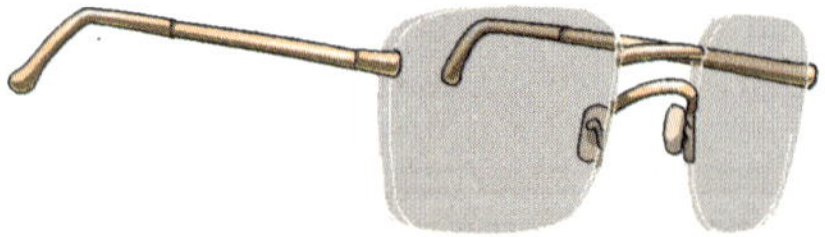

À travers la cire, il lui sembla voir une forme bouger.

– Ma parole, ces satanées abeilles ont mis quelque chose là-dedans ! Et si…

Surmontant son dégoût, Martin plongea sa main à travers l'opercule de cire. Il enfonça le bras jusqu'à l'épaule dans une sorte de bouillie visqueuse et finit par agripper ce qui ressemblait à une cheville… Il tira de toutes ses forces. Aucun doute, il s'agissait d'un corps humain. Martin serra les dents et s'acharna à ramener le malheureux hors de sa prison gluante.

– Evan Prince, que faites-vous là-dedans ?

– Dieu merci, tu m'as sorti de cet enfer…

L'auteur n'avait plus rien de l'homme impressionnant rencontré l'autre soir. Il était épuisé et couvert de miel de la tête aux pieds.

Martin s'agenouillait pour l'aider à se redresser quand, soudain, il entendit une voix familière hurler :

– Ça suffit, espèce de sale bestiole ! Pas question que je me laisse enfermer dans ce tube répugnant !

Martin se releva d'un bond.

– C'est Diana ! Ça vient du fond de la grotte !

Il s'élança à toutes jambes. Lorsqu'il déboucha dans la salle suivante, il découvrit Diana qui résistait à une énorme abeille. La bête s'efforçait de la glisser dans une alvéole. Même si le combat était perdu d'avance, la jeune fille résistait vaillamment, s'arc-boutant aux bords pour ne pas entrer dans le trou.

Sans hésiter une seconde, Martin prit son élan et se jeta contre le monstre en hurlant. L'impact fut si violent que l'insecte, projeté contre la paroi rocheuse, retomba, les pattes recroquevillées, hors d'état de nuire pour un bon moment.

– Martin, c'est toi ? demanda Diana en retirant le miel qu'elle avait dans les yeux. Tu en as mis, un temps, à intervenir !

– Ça doit vouloir dire merci ? ironisa Martin.

Evan Prince arriva à son tour.

– Diana, laisse-moi te présenter le célèbre Evan Prince. C'est lui qui a créé ces abeilles géantes...

Diana s'approcha de l'écrivain. Celui-ci, pensant qu'elle allait lui dire bonjour, tendit la main. Mais Diana lui jeta un regard noir et lui flanqua un grand coup de pied dans le tibia.

– Aïe !

Martin sourit en déclarant :
– Monsieur Prince, je vous présente ma sœur.
– Enchanté, répondit ce dernier en se frottant la jambe. Mais ce n'est pas moi le responsable pour les abeilles. C'est la machine !
Martin fit un pas vers lui :
– Vous auriez peut-être pu me prévenir de cette particularité avant de me la donner… Prince recula, de peur que, après la sœur, le frère ne le frappe.
– Je sais, Martin, j'aurais dû t'avertir, mais j'étais si content de m'en débarrasser… Cette machine est maudite et la

posséder est un enfer. Elle fait de son propriétaire un écrivain exceptionnel mais elle donne vie à toutes les histoires terribles qu'on tape sur son clavier.

Grâce à elle, les cauchemars deviennent réalité.

– Quand vous me l'avez donnée, je vous trouvais drôlement généreux. Je comprends mieux, maintenant !

– Tu représentais la chance de m'en libérer. Tu as dit que tu en avais envie, que tu l'aimais… Et c'est ainsi qu'elle fonctionne. Elle ne peut s'attacher qu'à ceux qui l'aiment. Tu n'imagines pas à quel point je suis heureux d'en être débarrassé.

Un bourdonnement sourd monta du plus profond de la grotte.

– Il y a tout de même quelque chose dont vous n'êtes pas débarrassé, déclara Martin… Ces épouvantables abeilles.

Evan Prince commença à gémir :

– Que va-t-il nous arriver ? J'ai tellement peur !

Diana haussa un sourcil et se pencha vers son frère :

– C'est ce type-là que tu admirais et à qui tu voulais ressembler ? Ça me fait mal de te le dire mais, franchement, tu vaux cent fois mieux que lui !

– Merci, petite sœur ! Maintenant, nous ferions mieux de déguerpir avant que ces horribles monstres volants ne rappliquent.

Ils se mirent tous trois à courir en direction de la sortie. Quelques secondes plus tard, ils débouchaient à l'air libre.

– Vite, ordonna Martin, il faut leur couper la route. Ramassons tout le bois mort que nous pourrons ! Evan, ramenez ces feuilles et faites-en un gros tas devant la grotte !

Dès que les premières branches furent entassées, Martin activa son chrono-scan sur le mode lance-flammes et mit le feu au bois. Grâce aux feuilles mortes humides, une épaisse fumée se dégagea aussitôt, enfumant l'entrée de la grotte.

– Les apiculteurs font cela pour endormir les abeilles, expliqua Martin. Si ça marche pour les petites, ça doit marcher pour les grosses. Il faut juste davantage de fumée.
Diana déposa une imposante brassée de branches et de fougères sur le feu. La colonne de fumée grossit instantanément.
– Voilà qui devrait les tenir tranquilles un petit moment, annonça Martin.
Diana intervint :
– Attends une seconde. Comment va-t-on faire pour sauver les autres victimes enfermées dans les alvéoles ?
– On va appeler Mom et elle enverra une équipe d'intervention héliportée. Fais-moi penser à prévenir les unités qu'il leur faut de très grosses bombes d'insecticide !

Evan Prince dévisageait les deux jeunes avec un air méfiant.

– Qui êtes-vous donc vraiment ? finit-il par demander.

– On vous expliquera plus tard, répliqua Martin avec un grand sourire. Et maintenant, il faut rentrer à l'université parce qu'on n'en a pas fini avec les méfaits de cette machine à écrire…

Diana crut qu'elle allait se sentir mal :

– Martin, rassure-moi, il n'est rien arrivé de grave là-bas ?

– Tout dépend de ce que tu appelles grave…

Dans le couloir d'accès au gymnase, les élèves s'enfuyaient en hurlant.

– La dernière fois que j'ai vu ce genre de scène, fit Billy en virevoltant sur sa soucoupe, c'était dans un film catastrophe.

– Au moins, nous savoir que monstres sont dans gymnase, commenta Java.

– Si nous n'y allons pas, personne n'ira… déclara Billy.

– Nous avons mission. Si nous partir, Mom très colère et Java préférer gros monstres à Mom quand elle énervée.

Tous les étudiants avaient détalé. Les deux acolytes s'approchèrent de la porte du gymnase. Un hurlement terrifiant résonna dans le bâtiment.
– Tu es sûr de ne pas préférer affronter Mom en colère ?

Java ne répondit pas et ouvrit la porte. Le spectacle était hallucinant. Un clown de cinq mètres de haut projetait les bancs des gradins partout autour de lui, pendant qu'une marionnette géante, qui ressemblait à Pinocchio, s'acharnait sur les paniers de basket. Java entra le premier. Billy le suivit en prenant bien soin de rester derrière lui.

– Tout doux, les affreux, s'écria le petit extraterrestre. On arrête de casser le matériel et…

L'immense clown laissa tomber ses bancs et tourna un regard effrayant vers les deux trouble-fête. La marionnette sauta de son panier et leur fit face.

Soudain, les monstres se ruèrent sur les deux pauvres bougres.

Même Java avait l'air d'un nain face à eux. Il se précipita sur l'armoire à matériel.

– Vite, Billy, il faut munitions !

Ils mirent la main sur un stock de ballons, de javelots et de poids, qu'ils commencèrent aussitôt à lancer sur le clown et la marionnette. Java bombardait de toutes ses forces les deux phénomènes ; Billy, lui, arrivait à peine à soulever les balles.

– Toi viser tête ! conseilla Java.

– Moi viser ce que je peux, répliqua le petit extra-terrestre.

Les immenses créatures déviaient les projectiles en agitant leurs gigantesques mains. Elles restaient à bonne distance, mais il était évident qu'une fois le bombardement terminé, elles chargeraient de plus belle.

La porte du gymnase s'ouvrit à la volée. Martin, Diana et Evan Prince firent leur entrée.

– Mince, observa Prince en découvrant les créatures, je n'en avais jamais imaginé d'aussi épouvantables !

– Je suis certaine que je vais cauchemarder pendant des mois, renchérit Diana.

– Si on en sort vivants ! ironisa Martin en se précipitant pour aider ses amis.

– Salut, Martin, quelle joie de te voir ! s'écria Billy.

– Et moi, grogna Diana, je compte pour du miel ?

Martin évalua les réserves de munitions :

– Le placard est bientôt vide, constata-t-il. Nous ne tiendrons plus longtemps. On peut essayer d'enfermer ces monstres dans le gymnase en bloquant les issues, mais après...

– Je sais quoi faire ! s'écria soudain Diana. Utilisons la machine pour écrire une nouvelle histoire ! Et imaginons quelque chose qui nous débarrassera d'eux !

– Martin est le seul qui puisse l'écrire, intervint Evan Prince. La machine lui appartient.

– Pas de problème, répondit Martin entre deux tirs de javelot. Il faut juste aller la chercher.

– Où est-elle ? demanda Diana.

– Dans ma chambre. Enfermons les monstres ici et fonçons.

Le petit groupe continua à tirer sur les deux énormes créatures tout en reculant vers la porte. Ils sortirent ensemble et bloquèrent les portes avec les planches des bancs disloqués.

– Ouf, fit Prince. Nous voilà tranquilles pour quelques minutes.

– Félicitations à toi, Martin, déclara Diana. Ils sont vraiment épouvantables. Au fait, il n'y avait pas des chiens zombies quelque part ?
– Ils sont peut-être à la cantine en train de faire les poubelles. Je les ai décrits comme des bestioles toujours affamées...

Martin et sa troupe remontaient les couloirs de l'université en courant. Les bâtiments étaient déserts, tout le monde avait fui.
Ils approchaient des chambres quand un fracas énorme fit trembler l'édifice. Diana et Billy manquèrent le virage tant la secousse avait été forte.
– Il y a fort à parier que les portes du gymnase viennent de céder... fit Martin.
– Aïe, il faut faire vite ! grimaça Diana.

La petite bande enfilait les couloirs à toute allure. À en juger par les coups et les tremblements de plus en plus proches, le clown maléfique et la marionnette géante étaient sur leurs traces.

– Nous sommes arrivés, fit Martin en cherchant la clef de la porte de sa chambre.

Il entra le premier.

– Mon Dieu ! s'exclama Evan Prince. Les créatures sont déjà venues fouiller ! Elles ont tout retourné !

– Absolument pas, répondit Diana. La chambre de Martin est toujours dans cet état-là... Vous aussi, ça vous effraie ?

La machine était posée sur le bureau. Martin commença aussitôt à taper une fin d'histoire qui anéantirait les monstres approchant à grands pas.

– Dépêche, Martin, ils arrivent !

– Deux secondes... « Et soudain, lorsqu'ils arrivèrent au seuil de la porte du héros, un vortex spatiotemporel... »

Le sol se mit à trembler.

– Java trop peur, pas envie de revoir grosse marionnette !

– Et encore, fit Billy, on t'a pas obligé à jouer avec quand tu étais petit...

L'énorme visage du clown s'encadra dans l'ouverture de la porte.

– « ... un vortex spatiotemporel s'ouvrit sous leurs pieds et les envoya dans un autre temps... »

L'horrible Pinocchio avait rejoint son épouvantable compagnon.

Ensemble, ils défonçaient déjà l'encadrement de la porte pour envahir la chambre lorsqu'une lueur verte illumina le sol.

– Regardez, s'exclama Diana, ça marche !

– Je suis un génie ! s'écria Martin.

Les deux monstres s'enfoncèrent en hurlant à l'intérieur de la lueur et disparurent, engloutis par le vortex.

– Victoire ! lança Billy.

Le triomphe fut de courte durée, car une autre lueur verte se matérialisa, cette fois au plafond, et les monstres refirent leur apparition !

– Au secours, hurla Billy, je veux retourner sur Mars !

Java désigna la fenêtre.

– Il faut courir dehors, monstres trop forts.

– Bravo, monsieur l'écrivain, se moqua Diana, quelle imagination ! Tu as juste oublié de préciser l'époque à laquelle le vortex allait les envoyer. Résultat, les revoilà !

Martin saisit la machine à écrire et enjamba le parapet vers l'extérieur. Les cinq compagnons réussirent à se glisser hors de la chambre avant que les deux créatures ne soient complètement revenues.

– Je vais écrire une autre fin, annonça Martin.

– C'est inutile, coupa Prince, vous n'avez aucun talent ! Laissez faire un professionnel.

Le jeune homme et l'écrivain se chamaillaient comme des gamins lorsqu'un grognement d'outre-tombe les arrêta.

– Ne t'inquiète plus, Diana, fit Martin d'une voix tremblante, on a retrouvé les chiens zombies…

– Et ils ont l'air effectivement affamés, frissonna Billy.

– Il faut écrire la fin de l'histoire maintenant, déclara Prince en essayant d'arracher la machine.

Le clown et le pantin avaient fini par

sortir de l'université et accouraient eux aussi.
– Génial, fit Billy. Une fois au complet, on va pouvoir commencer à danser !
Les immenses silhouettes se découpaient sur le ciel d'un gris ardoise. Les chiens étaient prêts à bondir. Prince et Martin en étaient encore à s'affronter pour savoir lequel des deux imaginerait la chute de l'histoire. Et les monstres étaient presque sur eux...
– Ça suffit ! explosa Diana. C'est moi qui vais la finir, cette histoire. Vous n'êtes que de sales gamins ! Je l'aime, moi, cette machine !
Surpris, les deux garçons la virent s'emparer de la machine et commencer aussitôt à taper.
– Distrayez les monstres, ordonna-t-elle. Et s'il le faut, donnez-leur Billy à manger !

Ses doigts s'activaient à toute allure sur le clavier. Alors que les monstres n'étaient plus qu'à quelques mètres d'eux, un arbre s'anima soudain. Il commença à grandir et ses branches s'allongèrent incroyablement. Il devint si énorme que même les créatures diaboliques prirent peur.

Diana continuait à taper. L'arbre ouvrit une bouche immense et, avec ses branches, captura les monstres pour les avaler. En un instant, il ne resta plus rien des horribles créatures. L'arbre reprit sa taille et sa place.
« Fin », tapa Diana, le front en sueur.
– Et dire que ça ne comptera même pas pour ma note de rédaction !

Personne ne s'était encore remis du choc lorsqu'une porte transdimensionnelle s'ouvrit. Mom apparut :
– Bien joué, agent Lombard.
– Mais… qui êtes-vous ? demanda Evan Prince, un peu perdu.
– Trop long à vous expliquer, répliqua Mom, et puis vous êtes un écrivain, vous n'avez qu'à imaginer ! Maintenant, donnez-moi cette machine, elle va directement rejoindre le laboratoire du Centre.
– On ne pourrait pas s'en servir encore une fois ? demanda Martin en se faisant le plus gentil possible.
– Si vous approchez de cette machine, agent Mystère, je vous jure que je m'en sers pour raconter tout ce que j'ai envie de vous faire subir lorsque vous me désobéissez…
Diana, Java et Billy éclatèrent de rire.

– Martin, tu vas regretter gros clown et vilain Pinocchio ! lança Java.

Dans la même collection

Martin Mystère

Tome 7
à paraître
en novembre 2007